par Pierre Ange Védrilland
(Barbié)

LA
BOITE DE PANDORE

ET

VÉNUS CALLIPYGE,

CONTES EN VERS,

PAR P. A. V.

Honni soit qui mal y pense!

A PARIS,

Chez Madame MASSON, Editeur de Pièces de Théâtre,
rue de l'Echelle, n°. 558, au coin de celle Honoré.

AN XI. — 1802.

AUX FEMMES.

Beau sexe, recevez l'hommage de mon conte,
Vous m'en avez fourni l'idée et le sujet,
    Et c'est pour vous que je l'ai fait.
    Bannissez une fausse honte,
    Et n'allez vous effaroucher
De quelques vers malins chantés à votre gloire :
    Un héros peut-il se fâcher
    D'entendre prôner son histoire ?

PRÉFACE.

« Une Préface à un Conte ?... Quelle prétention!
» Quand ce serait un Poëme épique»!... Eh! là,
là, messieurs les détracteurs, calmez cette géné-
reuse indignation; et, avant de crier au scandale,
daignez du moins apprendre de quoi il s'agit. Ne
croyez que j'aie envie de faire rire les Lecteurs
à mes dépens, en prétendant leur prouver que
mon conte doit leur paraître admirable, et que
s'ils ne le trouvent pas tel, ce sera leur faute et
non la mienne. Je n'ajouterai pas le ridicule de
la présomption au malheur de la médiocrité : en
me recommandant à l'indulgence du Public, bien
plus qu'à son équité, je tâcherai de trouver un
défenseur dans mon juge ; je me garderai bien du
moins de m'en faire un adversaire. Mon seul but
ici est donc d'essayer de prévenir quelques objec-
tions, que la critique, toujours prête à mordre,
pourrait élever contre le choix de mon sujet et
l'aspect sous lequel je l'ai envisagé.

On a beaucoup écrit sur Pandore depuis Hésiode,
le législateur de la Mythologie, qui, s'il n'est pas
l'inventeur de cette fable, en est du moins le premier narrateur. Voltaire en a fait un opéra et un
conte; Colardeau un poëme; et, tout récemment,

elle vient de fournir à l'auteur anonyme du poëme de *l'Espérance*, le sujet d'un charmant épisode. Hésiode nous ayant le premier transmis la tradition mythologique, tous ceux qui l'ont mise en œuvre, d'après lui, ont dû s'en rapprocher quant aux faits, et s'écarter les uns des autres dans la manière de les traiter. Je crois être en règle sur ces deux articles. Quant au premier, qui prescrit la conformité dans les faits avec Hésiode, il me suffira, pour en justifier, de citer le fragment de son poëme *des Jours et des Travaux*, où se trouve l'histoire de Pandore (1). Mes Lecteurs verront

-----

(1) Voici ce fragment, traduit en vers par Lefranc de Pompignan :

Nous payons chèrement les dons de Prométhée.
De l'antique Japet ce fils industrieux,
En faveur des Mortels fut l'émule des Dieux :
Il nous donna le feu, cet aliment du monde,
Des arts et du bonheur source riche et féconde.
Le souverain des cieux lui-même en fut jaloux,
Et bientôt l'univers éprouva son courroux.
L'instrument le plus doux servit à sa vengeance :
D'une jeune mortelle il forma la substance,
Lui donna de Vénus la grâce et la beauté,
De la reine des Dieux la fière majesté,
Le savoir de Minerve et l'esprit de Mercure,
Une voix dont le charme attendrit la nature,

que je ne m'en suis écarté qu'en un seul point.
Hésiode dit que ce fut à Epiméthée que Jupiter

Une éloquence douce, un cœur plein de désirs,
L'art fatal de séduire et le goût des plaisirs;
Tous les talens enfin que l'univers adore;
Sourit en la voyant, et la nomma Pandore.

Le meurtrier d'Argus à l'instant la conduit
Chez un sage Mortel qui fut trop tôt séduit;
C'était le vertueux mais faible Epiméthée,
Il fut sourd à la voix, aux cris de Prométhée:
« Mon frère, lui disait ce frère tendre et cher,
» Crains pour l'homme et pour toi les dons de Jupiter».
Quand il parlait ainsi, la paix la plus profonde,
Le repos sur la terre et le calme sur l'onde,
Promettaient aux humains un éternel bonheur;
Ils ne connaissaient point les maux ni la douleur,
Ni ces tourmens divers qui, même en la jeunesse,
Ne font que trop sentir le poids de la vieillesse.
Dans l'état des Mortels quel changement soudain!
De leurs calamités le règne était prochain.
Pandore ouvrit le vase où le courroux céleste
Avait, de ses fléaux, caché l'amas funeste;
Cet innombrable essaim s'échappa dans les airs,
Retomba sur la terre et traversa les mers;
Les plaisirs, la santé, la vigueur disparurent;
Les douleurs et la mort en silence accoururent;
L'espérance restait dans ce vase fatal,
Mais il fut refermé pour accroître le mal.

adressa Pandore ; j'ai substitué à Épiméthée , au
caractère duquel je n'aurais pu donner qu'un co-
mique forcé, l'homme, ouvrage de Prométhée,
et sortant tout neuf des mains de son auteur. J'ai
cru cet arrangement plus conforme à l'intention
de Jupiter, qui voulait châtier Prométhée dans
son ouvrage, et ne créa Pandore que pour en faire
l'instrument de la perte de l'homme. L'auteur du
poëme de *l'Espérance*, en se réglant fidélement
sur le récit d'Hésiode, dans son épisode de Pandore, a cependant mis, comme moi, le fils à la
place du frère ; et le mouvement, la variété, que
par-là il a su répandre sur l'action, ont plus que
justifié ce léger changement.

Si je suis à l'abri du reproche d'infraction à la
règle mythologique , je ne me crois pas moins
exempt de celui d'imitation des ouvrages modernes. Lorsque j'ai commencé le mien, je ne
connaissais pas la plupart de ceux qui ont été
publiés sur le même sujet, et si j'eusse été pla-
giaire , ç'aurait été à mon insçu. J'ai reconnu
depuis, avec plus de plaisir que de surprise, que
je ne m'étais rencontré avec aucun de mes devan-
ciers, ni dans le choix du genre que j'ai adopté,
ni dans l'idée allégorique qui a déterminé ce choix.

Tous ont pris la fable de Pandore au sens positif et l'ont traitée sérieusement ; d'ailleurs, Voltaire, dans son opéra et son conte, et Colardeau dans son poëme, ont introduit une foule d'hérésies contre la foi mythologique, qui s'y trouve entièrement asservie à leurs combinaisons poétiques. En créant peu de faits particuliers, ils ont formé de ceux qu'ils conservaient un ensemble où tout est dérangé, confondu, bouleversé, et rien ne se retrouve plus à la place qu'il occupait. Une de leurs principales licences est d'avoir fait de Pandore l'ouvrage de Prométhée ; Voltaire a de plus fait de Prométhée l'amant de Pandore ; cependant, abstraction faite de ce changement essentiel, son opéra est assez conforme à la fable racontée par Hésiode ; mais son conte intitulé : *l'Origine des Métiers*, est une fiction qui lui appartient toute entière, et où l'on ne trouve de trace mythologique que le nom de Pandore.

Je me crois donc autorisé à me regarder comme inventeur des seules choses qui me restassent à créer dans mon sujet ; le genre de la narration burlesque et le sens allégorique. Je suis bien loin, au reste, de penser que ce défaut de ressemblance avec d'excellens modèles, soit une donnée avantageuse à mon ouvrage ; mais encore vaut-il mieux être un méchant original qu'une mauvaise copie. Peut-être en soulevant le voile qui couvre cette ingénieuse fiction , lui ai-je ravi une partie de ses charmes ; mes Lecteurs en décideront ; et je déclare d'avance que , quelle que soit leur sentence , je n'en appellerai point. Si je ne puis prétendre à une faveur à laquelle je n'ai aucuns titres , je puis du moins compter sur cette portion d'indulgence que le Public ne refuse jamais à un coup d'essai.

LA

BOITE DE PANDORE,

FABLE.

Timeo Danaos, et dona ferentes.
VIRGILE. Enéïd., lib. 2.

CONNAISSEZ-VOUS l'histoire de Pandore,
Ce doux fléau dont le maître des Dieux,
Pour nous l'offrir, voulut priver les cieux?
L'histoire est belle, et, si quelqu'un l'ignore,
S'il a, d'ailleurs, le temps de m'écouter,
Pour son plaisir, je vais la lui conter:
Que s'il la sait, c'est même chose encore,
Pour mon plaisir je vais la répéter.
Or, écoutez: j'ai toussé, je pérore.

C'était après la guerre des Titans (1).
On s'en souvient: ces frères turbulens,
Un beau matin, guidés par Encelade,
Du Firmament tentèrent l'escalade.
Pour y monter, la cohorte entassa
Sur Pélion, Athos (2), Olympe (3), Ossa (4);
Mais des mutins châtiant l'incartade,
Monsieur Jupin sur leur tête tonna (5).
Depuis ce jour, étendu sous l'Ethna,

Gît Encelade en sa force abattue.
Du fier géant la sternutation (6)
Dans le volcan produit éruption;
Et lorsqu'au loin la Sicile remue,
C'est, à coup sûr, qu'Encelade éternue.
D'après cela, jugez s'il y fait beau
Quand il essuie un rhume de cerveau.

Mais laissons-le couché sous sa montagne,
Et reparlons du Dieu qui l'a soumis.
L'Olympien à peine était remis
Des embarras d'une telle campagne,
Que de nouveau son esprit est aux champs.
Les Dieux, par fois, ont de mauvais momens.
Je dis les Dieux, et j'ajoute les Princes,
Tous ceux, enfin, qui font leurs passe-temps
De gouverner le monde ou des provinces.
De Jupiter qui causait le souci
En ce moment? cher Lecteur, m'y voici:

Nous savons tous ce qu'était Prométhée (7);
Frère d'Atlas (8), d'Hesper, d'Epiméthée,
Fils de Japet et petit-fils des Dieux:
Homme à talent, ce qui vaut encor mieux;
Grand physicien, artiste tel, en somme,
Que de sa main un jour il créa l'homme.
Par ce seul fait, vous voyez, cher Lecteur,
Qu'à tort on croit, d'après maint radoteur,
Que du Très-Haut nous sommes tous l'ouvrage;

Du genre humain Prométhée est l'auteur,
Et l'homme seul se fit à son image (9).

L'art du Sculpteur nous suffit pour former
Un mannequin , mannequin homme ou femme;
Mais dans son sein introduire, allumer
Ce feu caché , cette subtile flamme
Source de vie et que nous nommons *ame*,
Voilà l'écueil de nos faibles efforts;
Nous ne savons produire que des corps.

Ce n'était point assez pour Prométhée :
De sa statue, avec art ajustée,
Quand il eut bien réglé tous les ressorts,
Il s'indigna que son œuvre divine
Ne fût encor qu'une froide machine ;
Et, pour en faire un être à sentiment,
Il y voulut, malgré son origine,
A la matière unir le mouvement.

A ce dessein, au sommet de l'Olympe ,
Des pieds , des mains et des genoux il grimpe;
Puis , au hasard de se voir foudroyer,
Sa main profane au céleste foyer,
Ose ravir une vive étincelle :
Incontinent son manteau la récèle ;
De notre globe il reprend le chemin,
Et l'étincelle au feu sacré ravie,
A l'Automate inocule la vie.

Mais qui peindrait le courroux de Jupin
Contre l'auteur d'un semblable larcin?
De Prométhée il veut punir l'outrage;
Il est, d'ailleurs, jaloux de son ouvrage.
« Quoi donc, dit-il, un Mortel insolent,
» Plus que les Dieux ose avoir du talent?
» Impunément une semblable espèce
» En savoir faire, en génie, en adresse,
» Ferait chez lui la barbe à Jupiter!
» De par le Styx et de par tout l'Enfer,
» Je ne veux point souffrir un tel scandale.
» Il serait beau vraiment qu'un Ecolier
» S'en vînt aux Dieux apprendre leur métier!
» Il n'est donc plus de lois ni de morale.
» Allons, allons; je m'en vais châtier
» L'humanité qui se croit notre égale.
» Plus l'esprit vaut, et plus il doit payer ».

Lors, de l'Olympe appelant le courier,
Il lui prescrit de franchir l'intervalle
Du Firmament au terrestre séjour,
Et de livrer Prométhée au Vautour,
Sur le sommet de ce mont d'Arménie
Nommé Caucase, aux lieux où naît le jour.

Mercure vole où Jupiter l'envoie;
Et, sur un roc, de sa divine main,
Ayant cloué l'aïeul du genre humain

Près d'un Vautour dont il le rend la proie,
Vers l'Empyrée il revole soudain,
Et, du succès de sa noble ambassade,
Il réjouit l'oreille de Jupin
Qui se rengorge, et qui se persuade
Que châtier un Mortel érudit,
C'est, pour un Dieu, montrer beaucoup d'esprit.

Mais Jupiter, affamé de vengeance,
Poursuit encor, sur toute notre engeance,
De son auteur le péché capital.
Pour accomplir son projet équitable,
Il fait venir son fils le maréchal,
Monsieur Vulcain, Dieu plus laid que le Diable,
Père des fils de la belle Vénus,
Et son époux, le tout *in partibus*,
Chef contrefait des difformes Cyclopes,
Et grand syndic des maris mysanthropes (10);
Mais, en retour de ces fâcheux hasards,
Le Forgeron boîteux et cacochyme
Du roi des Dieux est seul fils légitime;
Tant il est vrai que ces maudits Bâtards (11)
Du genre humain forment toujours l'élite,
Par les décrets de l'aveugle Destin,
Et plus que nous cent fois ont de mérite;
Aussi, n'est pas qui veut fils de ......

Or sus, suivons le fil de notre histoire
Et laissons-là toute digression.

Pour opérer notre damnation,
Jupiter donc, de divine mémoire,
Emprunte l'art et la main de Vulcain;
Il lui prescrit de faire un mannequin,
Ou, pour mieux dire, une belle statue
Du haut en bas de charmes revêtue,
Présent des Cieux, digne en tout de l'Enfer:
Pour la former, la plus dure matière
Vaudra le mieux; qu'elle ait un cœur de pierre,
Un front d'airain, une tête de fer (12),
A tout cela si l'on ajoute une ame,
Le résultat peut donner une Femme;
Car il en est de toutes les façons;
Rare, sans doute, est la mauvaise espèce;
Mais il faut bien pourtant qu'elle nous laisse
Par-ci, par-là de ses échantillons.
Parmi les fleurs croît mainte mauvaise herbe;
Et, comme dit fort bien un vieux proverbe,
Qu'on peut trouver d'honnêtes gens par-tout;
Ce n'est non plus une chose inouie
De rencontrer chez nous, par contre-coup,
Femme méchante, encor bien que jolie.

Lorsque Vulcain, à grands coups de marteau,
Eut achevé de polir son ouvrage,
Clopin-clopant voilà mon Jouvenceau
Qui de l'Olympe entreprend le voyage;
Et Jupiter, enchanté du cadeau,

Mande soudain sa cour en son château.
On voit bientôt des Dieux de tout étage,
Pour admirer le chef-d'œuvre nouveau,
Déserter l'Air, le Feu, la Terre et l'Eau :
Celui-là vient porté sur une nue,
Un autre en char, un troisième en bateau ;
De toutes parts s'assemble la cohue ;
Lors, Jupiter soulevant un rideau,
A tous les yeux dévoile l'inconnue ;
Chacun admire, et s'écrie, à sa vue,
Que l'on ne fit jamais rien de si beau ;
Puis, pour fêter la nouvelle venue,
Chacun lui veut faire un petit cadeau ;
Car, en ce temps, régnait déjà l'usage
Qui, de nos jours, règne bien davantage,
De se montrer prodigue de son bien
Envers les gens qui n'ont besoin de rien ;
Lorsqu'en retour, de l'opulence avide,
Pour l'indigent, la bourse est toujours vide.

Pour composer à Pandore (13) une dot,
(Pandore était le nom de notre belle),
Lorsque chacun sur elle eut dit son mot,
Chacun dispute et d'ardeur et de zèle ;
Elle reçoit de la fière Junon
L'amour de l'or, des grandeurs, du renom.
Vénus lui fait présent de sa ceinture ;
Puis, elle ajoute à cet aimable don,

La vanité, le goût de la toilette,
L'art dangereux de la séduction,
Et les vertus dont la réunion
Forme chez nous une franche coquette:
Pandore ensuite obtient de Cupidon
Ses traits, son arc et son fatal brandon.
Le blond Phébus lui consacre la lyre,
Et des beaux arts il lui soumet l'empire;
Par lui, le luth s'anime sous ses doigts
Et se marie aux accens de sa voix;
Il lui permet d'illustrer la peinture (14),
Mais il l'exclut de la littérature (15):
Voilà pourquoi l'Auteur portant jupon
Rime souvent en dépit d'Apollon.

Riche déjà d'attraits et de parure,
Elle épuisa les faveurs de Mercure :
Les faux sermens, les détours, l'art des pleurs,
Moyens charmans qu'à présent on diffame,
Et qu'on pratique, en dépit des railleurs,
Tels sont les dons que le Dieu des voleurs
Offrit pour dot à la première femme.
Momus voulut ajouter à son lot
Et sa marotte et son esprit falot;
Après Momus, on vit dame Folie,
Pour achever de la rendre jolie,
A sa ceinture attacher son grelot;
Mais, en retour, la sévère Minerve,

Dans ses bienfaits mit beaucoup de réserve ;
Car, pour ne pas compromettre son bien,
A notre Belle elle ne donna rien.
A ce cadeau se borna sa largesse ;
Voilà d'où naît la force du lien
Qui réunit la Femme et la Sagesse (16).

Mais Jupiter, dont le puissant cerveau
Avait conçu cette merveille unique,
Voulut encor, par un don magnifique,
En relever le prix déjà si beau :
Il a froncé son sourcil redoutable,
Geste moteur des plus profonds respects.
A ce signal renouvelé des Grecs (17),
Jusqu'à trois fois l'Olympe inébranlable
S'est ébranlé de la base au sommet ;
Jupiter parle, et l'Olympe est muet.

« O toi, dit-il, œuvre de mon génie,
» Que pour damner les indignes humains
» Ma prévoyance a su rendre accomplie,
» Belle Pandore, accepte de mes mains
» Ce talisman, gage de tes destins,
» Et par décret de la bonté divine,
» Vas du bas monde opérer la ruine ».

A ce discours, dont la conclusion
La touchait fort, Pandore, en fille honnête,
Ayant dit *oui*, par un signe de tête,

Pour mieux remplir sa docte mission,
De Jupiter reçoit certaine boîte ;
Comme elle-même, œuvre du Dieu qui boite,
Bijou charmant, dont la perfection,
Met en défaut l'imagination,
Et vient trahir les efforts du poète
Qui reste court dans sa description.

Il faut pourtant que j'en donne une esquisse,
Pour éviter la réputation
D'Historien ignorant et novice :
Sa forme ovale en pointe s'allongeait,
Et figurait à-peu-près une poire,
Ou bien un cône, ou bien quelqu'autre objet
De qui le nom échappe à ma mémoire.
L'extérieur présentait deux lambris
Que décoraient et l'ébène et l'ivoire ;
Puis, aux regards enchantés et surpris,
L'intérieur de la boîte divine
Offrait encore un superbe tapis
De qui l'éclat, la couleur purpurine
Sur le corail eût remporté le prix ;
Mais, par malheur, une forte serrure
Du talisman défendait l'ouverture,
Si bien qu'était notre gentil coffret
Ce qu'on appelle une boîte à secret.

Comme Pandore aurait pu, par mégarde,
Laisser tomber ou perdre son bijou,

On l'attacha . . . . Lecteur, devinez où ? . . .
Ne nommez pas ; ce soin-là me regarde.

A ses attraits dès qu'il ne manqua rien,
Sur l'arc-en-ciel on fit asseoir la belle
Qui, sans ballon, parachute ou nacelle,
Glissa le long du dôme aérien.
Lorsque la nuit a déployé ses voiles,
Ainsi l'on voit, du séjour des étoiles
Par le vulgaire appelé *Firmament*,
Un feu follet s'enfuir rapidement ;
Plus d'un Badaut, à la bouche béante,
En lui croit voir une étoile tombante :
Tel fut l'effet que Pandore, en tombant,
Fit sur l'esprit de notre premier homme.
Après dîner, il avait fait un somme ;
Et, maintenant, à travers les vallons,
Pour éviter, dans un sage exercice,
L'oisiveté, la mère de tout vice,
L'homme courait après les papillons.

Du haut des cieux Pandore est descendue.
Notre galant l'a bientôt aperçue ;
Il examine, et même il voit très-bien
Tout ce qu'il voit, mais il n'y comprend rien :
Le cou tendu, l'œil fixe, comme un Gille,
A contempler il demeure immobile.
Notre héroïne aussi le regardait,
Et, par instinct, docile aux convenances.

Qui l'empêchaient de faire les avances,
De son côté, tranquille, elle attendait
Que le voisin, rapprochant la distance,
Vînt essayer de faire connaissance.

Au bout d'une heure, elle comprit enfin
Qu'elle attendrait jusques au lendemain,
Si, bannissant tout importun scrupule,
Pour exciter son indolent émule,
Elle n'allait le prendre par la main.
La voilà donc qui se met en chemin ;
Mais, ô scandale ! ô scène ridicule !
Plus elle avance et plus l'homme recule ;
Ils font ainsi tout le tour du jardin.

Pendant le cours de cette promenade
Qui, du jardin, s'étendit dans le bois,
Pour attendrir son compagnon maussade,
Pandore usait du geste et de la voix :
« Venez à moi, mon ami, disait-elle ;
» Je vous rendrai content, sur mon honneur.
» N'en doutez pas, je vous serai fidèle ;
» Nous sommes seuls, venez, n'ayez pas peur » ;
Ainsi Pandore exaltait son mérite ;
Mais, à sa voix, notre zélé coureur
Demeurait sourd, et s'enfuyait plus vîte.

Lorsqu'à courir sa force s'épuisa,
Pandore, enfin, tout-à-coup s'avisa

D'un moyen neuf, d'invention adroite,
Qui dénotait l'esprit de son état:
Pour arrêter les pas de son ingrat,
A ses regards elle expose sa boîte.

O prompt effet d'un spectacle si beau !
A peine l'homme a-t-il vu le joyau
Qui décorait la petite personne,
Que, dans sa course, il s'arrête soudain ;
Puis, de l'objet qui l'enchante et l'étonne,
A pas pressés se rapproche à dessein ;
Lorsqu'à son tour, prompte à changer de rôle,
Pandore fuit, mais, plus leste, le drôle
Court après elle et l'attrape d'un saut;
Il veut la boîte ; elle la lui dispute ;
Le combat dure une grande minute,
Après laquelle il l'emporte d'assaut.
Vous noterez qu'au plus fort de la lutte,
Notre Amazone, après certain faux pas,
Tout de son long avait fait la culbute.

L'heureux vainqueur qui la jetait à bas
A ses côtés s'étend sous le feuillage ;
De sa conquête ensuite il veut jouir ;
Mais le pauvre homme en ignore l'usage,
Pandore, hélas ! n'en sait pas davantage,
Et nul des deux ne saurait découvrir
Par quel moyen la boîte peut s'ouvrir.

Enfin, après mainte recherche vaine,
Las d'essayer et d'y perdre leur peine,
En se plaignant des cruautés du sort,
Tous deux allaient cesser du même accord,
Quand le héros, cherchant à l'aventure,
Trouve une clé fixée à sa ceinture.

Qui ne sait pas à quoi sert une clé?
Par l'instrument de la sorte appelé,
On ouvre, on ferme; or, de quelle manière
Agit la clé, quel fut son ministère?....
Sur ce point là je dois être discret;
Pour peu de gens, d'ailleurs, c'est un secret:
A qui l'ignore, ici je dois le taire.
Heureux pourtant, heureux le précepteur
Qui le révèle à gentille écolière!
Pour exercer un emploi si flatteur,
Je quitterais le métier de conteur;
Mais à conter se borne mon partage;
Pour aujourd'hui je dois m'en tenir là;
Une autre fois je ferai davantage,
S'il plaît aux Dieux qui règlent tout cela.

La clé, glissant dans la serrure étroite,
A, de Pandore, enfin ouvert la boîte,
Un cri de joie en donne le signal;
Mais, ô revers! catastrophe tragique!
Soudain, des flancs du coffret infernal
Sort, en grondant, la troupe diabolique

De tous les maux au moral, au physique
Qui, peuplant l'air de ses noirs bataillons,
A l'univers apporte la ruine.
La pauvreté couverte de haillons,
La faim, la soif, la diète, la famine,
Et les langueurs, et les pâles frissons
Sortent d'abord, entraînant à leur suite
Goutte, colique, et migraine et pituite;
A leurs côtés, sous le même étendard,
Est l'insomnie auprès du cochemard.
Aux derniers rangs de la horde assassine,
Fermant la marche, on voit paraître, hélas!
La pharmacie avec la médecine,
Guidant la mort attachée à leurs pas.

Heureusement que, dans cette occurrence (18),
Dans le coffret demeura l'Espérance
Qui semble dire aux humains : « Accourez,
» De volupté vous serez enivrés :
» N'en croyez pas sur-tout la médisance,
» De mon secours vous êtes assurés ;
» Aveuglément cherchez la jouissance,
» Livrez vous-y d'abord, puis, espérez ».

Le charme opère, et la foule insensée
Dans le panneau donne tête baissée ;
Voilà pourquoi nous voyons chaque jour
Tant de gens pris aux pièges de l'Amour.
Depuis Pandore, et d'après son modèle,

Il est chez nous, vous le savez, Lecteurs,
Plus d’une boîte ouverte aux amateurs;
L’Espoir y fait une garde fidèle,
Et du Plaisir les attraits séducteurs,
Près du péril l’ont mis en sentinelle :
L’Espoir conduit dans la boîte cruelle,
Et lorsqu’au fond on a trouvé son lot,
On voit trop tard, victime de son zèle,
Que l’Espérance est un attrape sot.

FIN.

VÉNUS CALLIPYGE,

CONTE GREC,

TIRÉ D'ATHÉNÉE.

VÉNUS CALLIPYGE,

CONTE GREC,

TIRÉ D'ATHÉNÉE.

Et vice versâ.

Il est un culte en Grèce révéré,
Culte aux Amours, à Vénus consacré.
A le chanter quand ma voix se hasarde,
En débutant j'ose invoquer Vénus :
Son chaste nom (1), symbole des vertus,
Doit à mes vers servir de sauve-garde.
Des médisans les perfides propos,
Avidement recueillis par les sots,
Si j'omettais cette sage formule,
De mes écrits oseraient, sans scrupule,
Dénaturer et le sens et les mots ;
Mais vainement, des traits du ridicule,
Ils prétendraient atteindre mes héros ;
Je ne célèbre Apollon ni Mercure,
Dieux trop connus par plus d'une aventure (2) :
Seule Vénus fait enfler mes pipeaux :
Il est bien vrai qu'en mes récits nouveaux
Je ne vais point célébrer sa ceinture,

Sujet usé dans la littérature (3);
Je vais chanter des appas non moins beaux,
Non moins prisés, non moins dans la nature,
Et depuis peu connus dans la peinture (4).

Vers Syracuse, ancien port très-fameux
Par ses tyrans (5) et ses vins onctueux,
Je ne sais pas au juste en quelle année,
Ni sous quel règne, il exista deux sœurs
Dont les hauts faits sont lus dans Athénée;
Elles charmaient les yeux des connaisseurs
Embarrassés de prononcer entre elles :
Egalement chacun les trouvait belles.

Tous les matins, au lever du soleil,
De mon récit, les chastes héroïnes,
En négligé, venaient, à leur réveil,
Se rafraîchir dans les eaux argentines
Dont Aréthuse arrose ces guérets.
Après avoir rafraîchi leurs attraits,
A leurs habits d'un fin tissu de laine,
Elles fesaient aussi prendre le frais
Dans le cristal de la claire fontaine.
Homère ainsi nous dit qu'au temps d'Hélène,
Nausicaa fille d'Alcinoüs,
Sans faste, allait laver à la rivière
Ses vêtemens et ceux du Roi son père.

Des anciens Grecs tels étaient les vieux us.
A son ménage alors une Princesse

Pouvait vaquer, par des soins assidus,
Sans pour cela déroger à l'altesse :
Il n'en est pas de même parmi nous
D'une bourgeoise, et maintenant nos femmes,
Dont la paresse est le soin le plus doux,
Pour travailler sont de trop grandes dames (6).
Celles des Grecs habillaient leurs maris (7)
De vêtemens filés pendant leurs veilles.
Allons chercher maintenant à Paris,
Dans nos salons, des fileuses pareilles.
Je plaindrais fort notre triste destin
Si, pour braver la pluie et la froidure,
Nous n'avions pas de ressource plus sure
Que des habits préparés par l'hymen (8).
Mais n'allons pas entamer la censure ;
Un tel sujet me mènerait trop loin ;
D'aller au but je fais mon premier soin.

De nos deux sœurs, vrais trésors d'innocence,
En cheminant, la conversation
Roulait toujours sur la prééminence
De leurs attraits ; de la perfection
Chacune osait se croire le modèle.
Bien rarement femme est modeste et belle (9) :
Beauté chez elle engendre vanité,
Et vanité produit rivalité.
Or, une femme a-t-elle une rivale ?
Lorsqu'en attraits l'une à l'autre est égale,

C'en est assez pour les mécontenter.
Toutes les deux : *céder ou l'emporter*,
Cette maxime est la loi générale,
Sur qui toujours le peuple féminin
Fit reposer sa conduite morale.

Pour en avoir un exemple divin,
Rappelons-nous la fameuse querelle
Que produisit, aux noces de Thétis,
La pomme d'or promise *à la plus Belle*.
Au seul aspect de ce don d'Erynnis (10),
Pour l'obtenir on vit chaque Déesse,
Avec chaleur, faire valoir ses droits,
Et l'on prétend qu'en ce jour la Sagesse
Cria plus haut que toutes à la fois.
Si la Sagesse elle-même s'oublie
Jusques au point de perdre la raison,
Dès qu'il s'agit de paraître jolie,
On conviendra, sauf la comparaison,
Qu'on ne saurait exiger davantage
D'une mortelle élevée au village.
Plus que Minerve, en toute occasion,
Il est, d'ailleurs, défendu d'être sage.

Toujours la fin de la discussion
Dont nos deux sœurs s'étaient fait un usage,
Au même état laissait la question,
Qui s'embrouillait au lieu d'être éclaircie.

Quand dans sa cause on est juge et partie,
On est bien sûr d'avoir toujours raison.
Lorsqu'on est deux, c'est une autre leçon :
Quel parti prendre en pareille occurrence ?
Il en est un tout simple, et que voici :
Par les plaideurs un arbitre est choisi,
Indifférent, du moins en apparence,
On lui soumet les faits en raccourci :
D'après les faits, il juge en conscience,
Et désormais son jugement fait loi :
Il est bien vrai qu'en mainte circonstance,
On peut dicter à Thémis sa sentence,
Et composer avec sa bonne-foi :
Plus d'un faux poids fait pencher la balance....
Mais là-dessus on garde le silence.

Malgré l'effet, par ce moyen promis,
Gardez-vous bien, lecteurs, de la croyance
Que nos deux sœurs, bravant le compromis,
Eussent voulu recourir à Thémis
Et se chercher un juge à l'audience.
Plutôt qu'user d'un tel expédient,
Que réprouvaient les mœurs, la modestie,
Nos chastes sœurs auraient toute leur vie
Continué leur démêlé bruyant.
On peut sans doute, et c'est très-légitime,
S'apprécier, avoir sa propre estime ;
Mais au public on n'en doit dire mot,

Car, à ses yeux, qui se vante est un sot.
Voyons comment cette sage maxime
Reçut ici son approbation,
Et du destin obtint la sanction.

Un jeune Grec, l'honneur de la contrée,
Dont la fortune avait fait un Crésus (11),
Dont la nature avait fait un Nirée (12),
Cher aux amours, favori de Plutus,
Se promenait le matin dans la plaine,
En cotoyant les bords de la fontaine.
Depuis long-temps sa réputation,
De cent beautés, fixait l'attention;
Mais jusques-là sa froideur inhumaine
Avait d'amour constamment fui la chaîne;
Aucun objet ne pouvait le toucher,
C'était un marbre, une pierre, un rocher.
L'art séductéur des coquettes expertes
Auprès de lui perdait tout son pouvoir;
Aussi, dans l'âge enclin aux découvertes,
Il ignorait tout ce qu'on peut savoir;
Mais du destin la sagesse immuable
Avait réglé, qu'en ce jour mémorable,
Par une voie étrange en pareil cas,
Et qu'à coup sûr on ne dévine pas,
Il apprendrait tout ce qu'on peut apprendre.

De mes Lecteurs, pour mieux me faire entendre,
Je leur dirai, qu'avec attention,

Le sort veillant à son instruction,
Pour précepteur lui donna l'innocence,
Et le rendit savant par excellence.
Qui produisit ce merveilleux effet?
En peu de mots, Lecteurs, voici le fait :

J'ai déjà dit qu'aux bords de l'Aréthuse,
Rêvant à tout et ne pensant à rien,
Comme un oisif gêné de son maintien,
Se promenait le coq de Syracuse.
Sans y songer il se trouva tout près
Du lieu secret où nos deux ingénues,
Fort en rumeur, et plus qu'à demi nues,
Fesaient valoir à l'envi leurs attraits.

Cette rencontre, à la fin le réveille :
Pris à-la-fois par les yeux, par l'oreille,
A ces accens, ou plutôt à ces cris,
Incontinent le voilà qui s'arrête.
A son aspect se calme la tempête;
Mais quelques mots d'un sens assez précis,
Et l'action plus que les mots encore,
Lui fesant voir le sujet du débat,
Il veut soudain tenter un coup d'éclat,
Pour être instruit des choses qu'il ignore;
Et, se couvrant d'un prétexte légal,
Aux champions, sans détour, il propose
De reconnaître en lui leur tribunal.

Loin de souscrire à la loi qu'il impose,
Pour éviter un profane regard,
Qui va trop loin par le chemin qu'il s'ouvre,
On se saisit, à la hâte, on se couvre
Des vêtemens déposés à l'écart,
Faible secours qui vient un peu trop tard.
Notez, d'ailleurs, que le trouble s'attache
A tous les soins qu'on prend en pareil cas,
Et, qu'en cherchant à voiler ses appas,
On en découvre encor plus qu'on n'en cache.

Des accidens, habile à profiter,
L'observateur, qu'on ne peut écarter,
Avec chaleur sur ses offres insiste;
Avec chaleur d'abord on lui résiste,
Mais on se lasse enfin de résister.
On réfléchit que lorsqu'une méprise,
Dont le hasard a seul fait tous les frais,
Semble amener un juge tout exprès,
Et pour début, l'initie aux secrets
Les plus cachés, la pudeur autorise,
Et même fait une nécessité,
De lui prouver que si l'on se croit belle,
A tous les yeux on doit paraître telle,
Et qu'on n'a point blessé la vérité
En se payant un tribut mérité.

Honte et pudeur ne sont pas synonymes;
L'une toujours se rencontre à côté

De l'innocence et de la pureté ;
L'autre, cachant des vœux illégitimes,
Auprès du vice a souvent habité.
Simple et sans art, la pudeur ingénue
N'accorde rien, semble promettre tout ;
Par plus d'un frein, la honte retenue
Promet fort peu, mais accorde beaucoup ;
La honte, enfin, est le masque du vice,
Et des vertus la pudeur est l'indice.
L'une se couvre et ne se voile pas,
L'autre est voilée encore quoique nue :
De celle-ci nos sœurs fesaient grand cas ;
Et, par pudeur, tout dans cette entrevue
Fut mis au jour, hormis certains appas,
Que l'on connaît et qu'on ne nomme pas.
Il fut réglé, par des lois très-expresses,
Que pour bannir tout procédé pervers,
L'arbitre expert dans l'examen des pièces
Ne pourrait voir les choses qu'à l'envers :
On excepta cependant le visage
Du réglement, et, des yeux bien ouverts,
En admettant le chaste témoignage,
Des autres sens on proscrivit l'usage ;
Puis, sans scrupule on leva le rideau.

Mais de quels traits peindre un pareil tableau ?
Ma faible voix voudrait en vain décrire
Tout ce que vit alors notre héros ;

Ce qu'il sentit peut encor moins se dire ;
Mais ses transports n'eurent jamais d'égaux :
Tout ce qu'il voit réclame son hommage ,
Ses yeux charmés errent sur mille appas ,
Et rencontrant un fortuné présage
Dans ce qu'il voit, dans ce qu'il ne voit pas
L'illusion lui montre des miracles.
Prenant l'essor , l'imagination ,
Dont le pouvoir ne connait point d'obstacles ,
Crée , à son gré , de merveilleux spectacles ,
Qu'elle présente à l'admiration.

Surpris, troublé , ravi , hors de lui-même ,
Il ne voit plus à force de trop voir :
Son corps frémit, il tremble, il brûle , il aime ,
Et de juger il n'a plus le pouvoir.
Un choix alors lui paraît un blasphême :
Comment oser à la perfection ,
Ne consacrer qu'une seconde place ?
Comment oser prononcer la disgrâce ,
De ce qui force à l'adoration ?

« Que cette blonde est naïve et touchante !
» Que cette brune est jolie et piquante !
» De cet œil bleu que j'aime la douceur ,
» De ces yeux noirs combien l'ardeur m'enchante !
» Ici, des lys j'admire la blancheur ;
» Là , c'est le teint de la rose vermeille :

» Par-tout l'éclat s'unit à la fraîcheur ;
» Flore sur vous répandit sa corbeille,
» Charmantes sœurs, rivales de Vénus ;
» Toutes les deux dignes de la victoire,
» Ah ! pour fixer mes vœux irrésolus,
» Daignez du moins m'en apprendre un peu plus :
» Ma conscience, à l'excès timorée,
» Pour prononcer n'est assez éclairée ;
» Par toutes deux également charmé,
» Je requiers donc un plus ample informé ».

Rien surement n'était plus raisonnable
Qu'un tel discours ; mais le couple intraitable,
Loin de se rendre à la sommation,
Se récriait contre un parti semblable.
Que fit le juge en cette occasion ?
Il insista sur la conclusion,
Si bien qu'enfin, vers son but ramenée,
L'une des sœurs (ce fut, dit-on, l'aînée)
Prit le parti de la soumission,
Et tout-à-coup la voilà retournée.

Au même instant son juge à ses genoux
Se livre en proie aux transports les plus doux ;
Entre ses bras il l'enlace, il la presse
Contre son cœur palpitant de tendresse,
Ivre de joie et brûlant de désirs.
Il a trouvé la route des plaisirs :

La parcourir pour la mieux voir encore,
Est un besoin dont l'ardeur le dévore :
Apprendre était la grande passion
De mon héros ; or, un calcul fort sage
Lui fit sentir qu'en cet apprentissage,
Il devait faire une transition,
Et du coup-d'œil passer à l'action.

« O toi, dit-il, dont la bonté facile
» M'a révélé les plus secrets appas,
» Jusques au bout à mes vœux sois docile ;
» Dans des sentiers que je ne connais pas,
» Viens diriger ma démarche timide :
» Mes premiers pas te réclament pour guide,
» Affermis-les ; ouvre-leur le chemin ;
» Et, parvenus où le bonheur réside,
» Sacrifions sur l'autel de l'hymen.

» Que dis-je ! il faut, au chef-d'œuvre divin,
» Qu'avec transport ici mon œil contemple,
» D'autres honneurs, un plus noble destin.
» A ta beauté je veux bâtir un temple ;
» Sur tes autels, chargés de mes présens,
» Soir et matin brûlera mon encens ;
» Adorateur de ton culte sublime,
» J'en deviendrai le prêtre et la victime ;
» A tes appas, par moi déifiés,
» Ceux de ta sœur seront associés ;

» Vous recevrez en commun les hommages
» De l'Univers devant vous prosterné ;
» Et de Vénus le culte abandonné,
» Verra régner celui de vos images ».

Il tint parole, et la loi qu'il porta
De point en point soudain s'exécuta.
Je pourrais bien prolonger cette histoire
Fort longuement ; car j'ai maint vieux mémoire
Dont les détails sont articles de foi.
En premier lieu, je dirais comme quoi
Notre héros, de sa Vénus champêtre,
Devint l'époux, très-satisfait de l'être,
Et de ses fils se crut le vrai papa.

Je pourrais même ajouter à cela,
Que ce héros avait un jeune frère,
Et que, de plus, il avait un vieux père :
Or, le cadet, au récit des beaux feux
De son aîné pour notre sœur aînée,
A la cadette offrit ses tendres vœux ;
Puis, à son sort unit sa destinée.

Et, pour finir par le commencement,
Je vous dirais que préalablement
Le cher papa, d'un bizarre génie,
De ses deux fils blâma fort le penchant.

Il était clair, selon ce vieux pédant,
Que des beautés qui, sans cérémonie,
Pour faire un nom à leurs appas naissans,
Allaient montrer leur derrière aux passans,
N'annonçaient pas une vertu farouche,
Et de ses fils pourraient souiller la couche.
Mais nos amans, bien plus sages que lui,
Non moins jaloux, d'ailleurs, de fuir le blâme,
Et sachant mieux tout ce que d'une femme
Pour être honnête on exige aujourd'hui,
Sans déférer à sa morale austère,
Prirent soudain le parti salutaire
D'avoir la fièvre et de se mettre au lit.

C'en fut assez pour terminer l'affaire.
De ce moyen on connaît le crédit.
Antiochus, grâce au même artifice,
A Séleucus souffla sa Stratonice (13);
Un tendre père, en ces pressans périls,
Aime mieux perdre une épouse qu'un fils,
Et puis, se voir priver de sa compagne,
C'est bien souvent jouer *à qui perd gagne* (14);
Mais gardons-nous de discuter ce point,
Et de mon but ne nous écartons point.

En ce moment, la bienséance exige
Que je retourne à *Vénus Callipyge.*

C'est le beau nom sous qui l'on adora
Nos déïtés de nouvelle fabrique;
Des nouveaux dieux que l'erreur consacra,
Changer de nom fut toujours la rubrique.
Veut-on savoir le vrai sens de ce mot?
Il vient du grec (15), l'origine l'explique :
J'en dis assez , et je n'en dis pas trop.
Je puis encore ajouter qu'on l'applique
A désigner les appas ignorés
Qu'à l'examen on avait consacrés.
On révéra d'abord cette relique
Dans la Sicile, où son culte naquit;
Dans l'Italie ensuite il s'étendit :
Long-temps Florence en fut la métropole;
Naples et Rome adorèrent ses lois :
De l'Italie il passa dans la Gaule,
Et c'est chez nous, héritiers des Gaulois,
Dignes enfans de semblables ancêtres,
Imitateurs des Grecs et des Romains,
Qu'il a trouvé ses héros et ses saints.
Qui peut compter le nombre de ses prêtres?
Oui, si jamais ce culte se perdait,
C'est dans Paris qu'on le retrouverait.
De tous côtés je découvre ses traces;
Ses attributs brillent de toutes parts :
J'en aperçois dans le boudoir des grâces,
J'en reconnais dans le temple des Arts.

Vous, dont le cœur lui réserve une place,
Modernes Grecs, accourez au salon;
Devant l'objet que votre culte embrasse,
Aimable erreur d'un pinceau plein de grâce,
Vous y pourrez faire votre oraison.

FIN.

NOTES

SUR LA BOITE DE PANDORE.

(1) *C'était après la guerre des Titans.* Hésiode et Ovide disent que ce fut auparavant ; mais j'espère qu'on voudra bien me passer ce petit anachronisme, en faveur de l'ancienneté de la date.

(2) *Pélion*, montagne de Thessalie. - *Athos*, mont de la Chalcidique, ou presqu'île de Thrace. Il ne figure point dans la liste de ceux dont les Titans se servirent pour escalader le Ciel ; mais comme son nom me fournit deux syllabes qui complettent justement la mesure de mon vers, j'ai cru que je pouvais, sans conséquence, fournir aux Titans ce petit échelon de deux mille toises de haut.

(3) *Olympe*, mont qui sépare la Thessalie de la Macédoine. Peut-être trouvera-t-on étrange que les Titans, pour escalader le Ciel, qui ; dans la mythologie, n'est autre chose que l'Olympe, aient fait du mont Olympe leur premier échelon. Cela s'appelle résoudre la question par la difficulté ; mais en guerre on a une logique à part très-démonstrative, et des argumens *ad hominem* qui n'admettent point de réplique. Quant à moi, je me garderais bien de lutter contre les Titans.

(4) *Ossa*, montagne de Thessalie. J'ai toujours vu avec peine que les Titans ne jugèrent pas à propos de se servir du mont Parnasse pour atteindre aux Cieux ; au reste, l'expérience leur apprit qu'ils n'avaient pas besoin de prendre ce chemin pour tomber.

(5) *Monsieur Jupin sur leur tête tonna.* Si la marche que je me suis prescrite ne m'avait pas forcé de glisser rapidement sur les faits antérieurs à l'action de mon conte, j'aurais pu rendre à chacun ce qui lui appartenait dans cette victoire, et on aurait vu que ce jour-là les lieutenans de Jupiter avaient vaincu en l'honneur et au profit du général.

(6) *Du fier géant la sternutation.* Les Mythologues prétendent, en dépit des Naturalistes, que les fréquens tremblemens de terre de la Sicile et les éruptions de l'Ethna, sont le résultat des efforts que fait Encelade pour se dégager de ce volcan, sous lequel il est couché depuis le jour de sa défaite. Ainsi, l'état d'un seul règle le sort de tous, et un

changement de posture de la part d'Encelade, produit un bouleversement dans la Sicile.

(7) *Nous savons tous ce qu'était Prométhée.* Pour moi, je ne le sais pas trop bien, et c'est un point fort embrouillé. Les uns font de Prométhée un dieu, les autres un demi-dieu : ceux-ci un héros, ceux-là un Titan. Pour les mettre tous d'accord, j'en ai fait un homme ; mais je me suis bien gardé de dégrader sa dignité autant que l'a fait l'abbé Bergier, par son système exposé dans les notes qui suivent sa traduction d'Hésiode. Le résultat d'un calcul étymologique, plus ingénieux que relevé, ne lui fait voir dans Prométhée autre chose que l'argile qui a formé (d'une manière très-passive) les premiers simulacres de l'homme, et qui soustrait (dans la cheminée) le feu à la puissance de l'air *Zευσ* ou *Jupiter.* Faire d'un héros de l'argile !... n'est-ce pas fouler aux pieds son sujet ?... Passe encore pour faire de l'argile un héros, cela s'est vu plus d'une fois chez les statuaires.

(8) *Atlas.* Ce frère de Prométhée portait autrefois le ciel sur ses épaules, qui ne soutiennent plus maintenant que la lune, dont il porte le nom en Afrique. On voit que depuis les Grecs jusqu'à nous, ses fonctions ont considérablement baissé. Ainsi va le monde.

(9) *L'homme seul se fit à son image.* Je ne crois pas avoir besoin de prévenir mes lecteurs que cette plaisanterie ne concerne que le système mythologique.

(10) *Grand syndic des Maris mysanthropes.* Si l'on trouvait cette épithéte impropre, pour se convaincre de sa justesse, il suffira de réfléchir que Vénus, femme jolie d'un laid mari, devait souvent lui donner de l'humeur.

(11) *Tant il est vrai que ces maudits bâtards.* Sans compter tous ceux dont Jupiter a peuplé les fastes de la mythologie, les noms de Thésée, Romulus, Salomon, Guillaume le conquérant, Henri de Transtamare, Dunois, le maréchal de Saxe, etc. etc. etc.; suffiraient pour établir la justesse de mon assertion. Je pourrais encore beaucoup enfler cette liste si je ne craignais que les citations ne me menassent trop loin.

(12) *Un front d'airain, une tête de fer.* Si l'on voyait dans ce choix des principes constitutifs de la femme, une faute contre la galanterie, pour revenir de cette opinion erronée, qu'on réfléchisse que ce

n'est pas moi mais Jupiter qui mit Vulcain en œuvre, et que Vulcain forgeron de son métier, ne pouvait employer d'autres matériaux que ceux dont se sont toujours servis les forgerons. Le proverbe qui dit qu'*à l'œuvre on connaît l'ouvrier*, présente aussi cet autre sens non moins vrai, *qu'à l'ouvrier on doit connaître l'œuvre*.

(13) *Pandore.* De deux mots grecs παν tout et δωρον don. Jupiter appela cette femme *Pandore*, parce que tous les habitans de l'Olympe lui avaient fait un don.

Hésiode, poëme des travaux et des jours.

(14) *Il lui permet d'illustrer la peinture.* La Rosalba, madame Lebrun, madame Chaudet Voyez le salon de peinture de cette année, ce sont des femmes qui ont fait presque tous les frais de son ornement. Mesdames Mongez, Villers, Davin, Benoist, Pierre, Vallayer-Coster, mesdemoiselles Gérard, Delaporte, etc.

(15) *Mais il l'exclut de la littérature.* Une exception : Sapho (*). A dieu ne plaise pourtant que je conteste aux femmes la supériorité qu'elles ont sur nous dans le style épistolaire, ce genre ne demande que de l'esprit et de la sensibilité, et de ce côté les femmes sont incontestablement mieux partagées que nous; mais la poésie exige quelqu'autre chose de plus, et c'est justement ce que la nature ne leur a pas donné.

(16) *La Femme et la Sagesse.* Trois exceptions.... suivant Boileau.

(17) *A ce signal renouvelé des Grecs*, etc.

En même-temps il fronça ses noirs sourcils,
Le vaste Olympe trembla.

Homère, Iliade. Chant I.

(18) *Dans le coffret demeura l'espérance.* Un poëte moderne vient de l'en faire sortir pour nous la présenter sous les couleurs les plus aimables; il a offert le plaisir à ses lecteurs, en ne leur annonçant que l'Espérance. Je suis loin de croire que j'aie aussi bien réussi dans mes caricatures que lui dans ses tableaux, et je m'estimerais trop heureux si je pouvais espérer de l'indulgence du Public le succès qu'il a droit d'attendre de son équité.

(*) La Grecque.

NOTES
SUR VÉNUS CALLIPYGE.

(1) *Son chaste nom.* Ceci doit s'entendre de Vénus pudique.

(2)   *Apollon ni Mercure*
Dieux trop connus par plus d'une aventure. Témoin celle d'Hyacinthe.

(3)   *Sa ceinture*
Sujet usé dans la littérature. Depuis Homère jusqu'à nous elle a pa sé par tant de mains !

(4) *Et depuis peu connus dans la peinture.* Par le joli tableau de M. Robert Lefebvre, dont le pinceau, aussi *brillant* que *vrai*, n'est jamais *sale*, quoiqu'en ait dit le collaborateur de M. Geoffroy. Il y a des gens qui gâtent tout ce qu'ils touchent. C'était le destin des harpies.

(5) *Par ses tyrans.* Entr'autres Denis l'ancien, et son fils Denis le maître d'école.

(6) *Pour travailler sont de trop grandes dames.* Chapitre des exceptions.

(7) *Celles des grecs habillaient leurs maris.* Voyez toutes les femmes grecques depuis Pénélope la sédentaire jusqu'à Hélène la voyageuse.

(8) *Que des habits préparés par l'hymen.* Ceci n'est point un reproche d'oisiveté aux femmes : comment s'occuperaient-elles de vêtir leurs maris ? elles consacrent tout leur temps à soigner certaine branche accessoire de notre parure ; aussi n'y laissent-elles rien à désirer.

(9) *Bien rarement femme est modeste et belle.* Oui, chez les Grecs, mais parmi nous c'est tout le contraire ; les plus belles sont les plus modestes.

(10) *Erynnis.* Nom poétique de la discorde.

(11) *Crésus.* Le plus riche des rois et le plus malheureux des hommes.

(12) *Nirée.* Le plus beau des princes grecs qui allèrent au siège de Troie.

(13)   *Antiochus par le même artifice,*
        A Seleucus souffla sa Stratonice.
Grâce à l'intervention du médecin Erasistrate qui y vit clair, où le bon roi n'y voyait goutte.

(14) *Jouer à qui perd gagne.* Suite au chapitre des exceptions.

(15) *Il vient du grec.* De καλὸσ, ἠ, ὸν, bon et beau, et de πυγη ;
. . . . . Vénus Callipyge, Vénus aux belles fesses.

F I N.

www.ingramcontent.com/pod-product-compliance
Ingram Content Group UK Ltd.
Pitfield, Milton Keynes, MK11 3LW, UK
UKHW020031080726
13614UKWH00004B/1691